VIDA, MUERTE, AMOR

MIGUEL HERNÁNDEZ (Orihuela, 1910 - Alicante, 1942), de origen humilde y formación autodidacta, inició su andadura literaria en su ciudad natal, publicando poemas en semanarios locales. Muy influido por la tradición clásica, en 1933 dio a la imprenta su primer libro, *Perito en lunas*. Tras un viaje iniciático a Madrid en 1931, volvió a la ciudad en 1934 y trabó entonces amistad con figuras como José Bergamín, Vicente Aleixandre, Pablo Neruda y María Zambrano. De esa época son los poemarios *El silbo vulnerado* (1934), *Imagen de tu huella* (1934) y *El rayo que no cesa* (1936), así como su auto sacramental *Quién te ha visto y quién te ve y sombra de lo que eras* (1934). Con el estallido de la Guerra Civil, Hernández se alistó de voluntario en el Quinto Regimiento de Milicias Populares, y durante su movilización compuso algunos de sus versos más famosos, incluidos luego en *Viento del pueblo* (1937) y *El hombre acecha* (1938). Al término del conflicto, intentó huir del país, pero fue detenido en Portugal y entregado a la Guardia Civil. Comenzó entonces un largo periplo de encierros y traslados carcelarios que acabaron en su condena a muerte, conmutada por otra a treinta años. En prisión pudo acabar *Cancionero y romancero de ausencias* (de publicación póstuma en 1958), pero las privaciones hicieron estragos en su salud, y murió de tuberculosis el 28 de marzo de 1942 en la cárcel de Alicante.

VIDA, MUERTE, AMOR

MIGUEL HERNÁNDEZ

POESÍA
PORTÁTIL

¿No cesará este rayo que me habita
el corazón de exasperadas fieras
y de fraguas coléricas y herreras
donde el metal más fresco se marchita?

¿No cesará esta terca estalactita
de cultivar sus duras cabelleras
como espadas y rígidas hogueras
hacia mi corazón que muge y grita?

Este rayo ni cesa ni se agota:
de mí mismo tomó su procedencia
y ejercita en mí mismo sus furores.

Esta obstinada piedra de mí brota
y sobre mí dirige la insistencia
de sus lluviosos rayos destructores.

Una querencia tengo por tu acento,
una apetencia por tu compañía
y una dolencia de melancolía
por la ausencia del aire de tu viento.

Paciencia necesita mi tormento,
urgencia de tu garza galanía,
tu clemencia solar mi helado día,
tu asistencia la herida en que lo cuento.

¡Ay querencia, dolencia y apetencia!:
tus sustanciales besos, mi sustento,
me faltan y me muero sobre mayo.

Quiero que vengas, flor, desde tu ausencia,
a serenar la sien del pensamiento
que desahoga en mí su eterno rayo.

Me llamo barro aunque Miguel me llame.
Barro es mi profesión y mi destino
que mancha con su lengua cuanto lame.

Soy un triste instrumento del camino.
Soy una lengua dulcemente infame
a los pies que idolatro desplegada.

Como un nocturno buey de agua y barbecho
que quiere ser criatura idolatrada,
embisto a tus zapatos y a sus alrededores,
y hecho de alfombras y de besos hecho
tu talón que me injuria beso y siembro de flores.

Coloco relicarios de mi especie
a tu talón mordiente, a tu pisada,
y siempre a tu pisada me adelanto
para que tu impasible pie desprecie
todo el amor que hacia tu pie levanto.

Más mojado que el rostro de mi llanto,
cuando el vidrio lanar del hielo bala,
cuando el invierno tu ventana cierra
bajo a tus pies un gavilán de ala,
de ala manchada y corazón de tierra.
Bajo a tus pies un ramo derretido
de humilde miel pataleada y sola,
un despreciado corazón caído
en forma de alga y en figura de ola.

Barro en vano me invisto de amapola,
barro en vano vertiendo voy mis brazos,
barro en vano te muerdo los talones,
dándote a malheridos aletazos
sapos como convulsos corazones.

Apenas si me pisas, si me pones
la imagen de tu huella sobre encima,
se despedaza y rompe la armadura
de arrope bipartido que me ciñe la boca
en carne viva y pura,
pidiéndote a pedazos que la oprima
siempre tu pie de liebre libre y loca.

Su taciturna nata se arracima,
los sollozos agitan su arboleda

de lana cerebral bajo tu paso.
Y pasas, y se queda
incendiando su cera de invierno ante el ocaso,
mártir, alhaja y pasto de la rueda.

Harto de someterse a los puñales
circulantes del carro y la pezuña,
teme el barro un parto de animales
de corrosiva piel y vengativa uña.

Teme que el barro crezca en un momento,
teme que crezca y suba y cubra tierna,
tierna y celosamente
tu tobillo de junco, mi tormento,
teme que inunde el nardo de tu pierna
y crezca más y ascienda hasta tu frente.

Teme que se levante huracanado
del blando territorio del invierno
y estalle y truene y caiga diluviado
sobre tu sangre duramente tierno.

Teme un asalto de ofendida espuma
y teme un amoroso cataclismo.
Antes que la sequía lo consuma
el barro ha de volverte de lo mismo.

ELEGÍA

(En Orihuela, su pueblo y el mío, se me ha muerto como del rayo Ramón Sijé, con quien tanto quería)

Yo quiero ser llorando el hortelano
de la tierra que ocupas y estercolas,
compañero del alma, tan temprano.

Alimentando lluvias, caracolas
y órganos mi dolor sin instrumento,
a las desalentadas amapolas

daré tu corazón por alimento.
Tanto dolor se agrupa en mi costado,
que por doler me duele hasta el aliento.

Un manotazo duro, un golpe helado,
un hachazo invisible y homicida,
un empujón brutal te ha derribado.

No hay extensión más grande que mi herida,
lloro mi desventura y sus conjuntos
y siento más tu muerte que mi vida.

Ando sobre rastrojos de difuntos,
y sin calor de nadie y sin consuelo
voy de mi corazón a mis asuntos.

Temprano levantó la muerte el vuelo,
temprano madrugó la madrugada,
temprano estás rodando por el suelo.

No perdono a la muerte enamorada,
no perdono a la vida desatenta,
no perdono a la tierra ni a la nada.

En mis manos levanto una tormenta
de piedras, rayos y hachas estridentes
sedienta de catástrofes y hambrienta.

Quiero escarbar la tierra con los dientes,
quiero apartar la tierra parte a parte
a dentelladas secas y calientes.

Quiero minar la tierra hasta encontrarte
y besarte la noble calavera
y desamordazarte y regresarte.

Volverás a mi huerto y a mi higuera:
por los altos andamios de las flores
pajareará tu alma colmenera

de angelicales ceras y labores.
Volverás al arrullo de las rejas
de los enamorados labradores.

Alegrarás la sombra de mis cejas,
y tu sangre se irán a cada lado
disputando tu novia y las abejas.

Tu corazón, ya terciopelo ajado,
llama a un campo de almendras espumosas
mi avariciosa voz de enamorado.

A las aladas almas de las rosas
del almendro de nata te requiero,
que tenemos que hablar de muchas cosas,
compañero del alma, compañero.

ELEGÍA PRIMERA

A Federico García Lorca, poeta

Atraviesa la muerte con herrumbrosas lanzas
y en traje de cañón, las parameras
donde cultiva el hombre raíces y esperanzas,
y llueve sal, y esparce calaveras.

Verdura de las eras,
¿qué tiempo prevalece la alegría?
El sol pudre la sangre, la cubre de asechanzas
y hace brotar la sombra más sombría.

El dolor y su manto
vienen una vez más a nuestro encuentro.
Y una vez más al callejón del llanto
lluviosamente entro.

Siempre me veo dentro
de esta sombra de acíbar revocada,
amasada con ojos y bordones,
que un candil de agonía tiene puesto a la entrada
y un rabioso collar de corazones.

Llorar dentro de un pozo,
en la misma raíz desconsolada
del agua, del sollozo,
del corazón quisiera:
donde nadie me viera la voz ni la mirada,
ni restos de mis lágrimas me viera.

Entro despacio, se me cae la frente
despacio, el corazón se me desgarra
despacio, y despaciosa y negramente
vuelvo a llorar al pie de una guitarra.

Entre todos los muertos de elegía,
sin olvidar el eco de ninguno,
por haber resonado más en el alma mía,
la mano de mi llanto escoge uno.

Federico García
hasta ayer se llamó: polvo se llama.
Ayer tuvo un espacio bajo el día
que hoy el hoyo le da bajo la grama.

¡Tanto fue! ¡Tanto fuiste y ya no eres!
Tu agitada alegría,
que agitaba columnas y alfileres,
de tus dientes arrancas y sacudes,

y ya te pones triste, y sólo quieres
ya el paraíso de los ataúdes.

Vestido de esqueleto,
durmiéndote de plomo,
de indiferencia armado y de respeto,
te veo entre tus cejas si me asomo.

Se ha llevado tu vida de palomo,
que ceñía de espuma
y de arrullos el cielo y las ventanas,
como un raudal de pluma
el viento que se lleva las semanas.

Primo de las manzanas,
no podrá con tu savia la carcoma,
no podrá con tu muerte la lengua del gusano,
y para dar salud fiera a su poma
elegirá tus huesos el manzano.

Cegado el manantial de tu saliva,
hijo de la paloma,
nieto del ruiseñor y de la oliva:
serás, mientras la tierra vaya y vuelva,
esposo siempre de la siempreviva,
estiércol padre de la madreselva.

¡Qué sencilla es la muerte: qué sencilla,
pero qué injustamente arrebatada!
No sabe andar despacio, y acuchilla
cuando menos se espera su turbia cuchillada.

Tú, el más firme edificio, destruido,
tú, el gavilán más alto, desplomado,
tú, el más grande rugido,
callado, y más callado, y más callado.

Caiga tu alegre sangre de granado,
como un derrumbamiento de martillos feroces,
sobre quien te detuvo mortalmente.
Salivazos y hoces
caigan sobre la mancha de su frente.

Muere un poeta y la creación se siente
herida y moribunda en las entrañas.
Un cósmico temblor de escalofríos
mueve temiblemente las montañas,
un resplandor de muerte la matriz de los ríos.

Oigo pueblos de ayes y valles de lamentos,
veo un bosque de ojos nunca enjutos,
avenidas de lágrimas y mantos:
y en torbellino de hojas y de vientos,

lutos tras otros lutos y otros lutos,
llantos tras otros llantos y otros llantos.

No aventarán, no arrastrarán tus huesos,
volcán de arrope, trueno de panales,
poeta entretejido, dulce, amargo,
que al calor de los besos
sentiste, entre dos largas hileras de puñales,
largo amor, muerte larga, fuego largo.

Por hacer a tu muerte compañía,
vienen poblando todos los rincones
del cielo y de la tierra bandadas de armonía,
relámpagos de azules vibraciones.
Crótalos granizados a montones,
batallones de flautas, panderos y gitanos,
ráfagas de abejorros y violines,
tormentas de guitarras y pianos,
irrupciones de trompas y clarines.

Pero el silencio puede más que tanto instrumento.

Silencioso, desierto, polvoriento
en la muerte desierta,
parece que tu lengua, que tu aliento
los ha cerrado el golpe de una puerta.

Como si paseara con tu sombra,
paseo con la mía
por una tierra que el silencio alfombra,
que el ciprés apetece más sombría.

Rodea mi garganta tu agonía
como un hierro de horca
y pruebo una bebida funeraria.
Tú sabes, Federico García Lorca,
que soy de los que gozan una muerte diaria.

SENTADO SOBRE LOS MUERTOS

Sentado sobre los muertos
que se han callado en dos meses,
beso zapatos vacíos
y empuño rabiosamente
la mano del corazón
y el alma que lo mantiene.

Que mi voz suba a los montes
y baje a la tierra y truene,
eso pide mi garganta
desde ahora y desde siempre.

Acércate a mi clamor,
pueblo de mi misma leche,
árbol que con tus raíces
encarcelado me tienes,
que aquí estoy yo para amarte
y estoy para defenderte
con la sangre y con la boca
como dos fusiles fieles.

Si yo salí de la tierra,
si yo he nacido de un vientre
desdichado y con pobreza,
no fue sino para hacerme
ruiseñor de las desdichas,
eco de la mala suerte,
y cantar y repetir
a quien escucharme debe
cuanto a penas, cuanto a pobres,
cuanto a tierra se refiere.

Ayer amaneció el pueblo
desnudo y sin qué ponerse,
hambriento y sin qué comer,
y el día de hoy amanece
justamente aborrascado
y sangriento justamente.
En su mano los fusiles
leones quieren volverse
para acabar con las fieras
que lo han sido tantas veces.

Aunque te falten las armas,
pueblo de cien mil poderes,
no desfallezcan tus huesos,

castiga a quien te malhiere
mientras que te queden puños,
uñas, saliva, y te queden
corazón, entrañas, tripas,
cosas de varón y dientes.
Bravo como el viento bravo,
leve como el aire leve,
asesina al que asesina,
aborrece al que aborrece
la paz de tu corazón
y el vientre de tus mujeres.
No te hieran por la espalda,
vive cara a cara y muere
con el pecho ante las balas,
ancho como las paredes.

Canto con la voz de luto,
pueblo de mí, por tus héroes:
tus ansias como las mías,
tus desventuras que tienen
del mismo metal el llanto,
las penas del mismo temple,
y de la misma madera
tu pensamiento y mi frente,
tu corazón y mi sangre,
tu dolor y mis laureles.

Antemuro de la nada
esta vida me parece.

Aquí estoy para vivir
mientras el alma me suene,
y aquí estoy para morir,
cuando la hora me llegue,
en los veneros del pueblo
desde ahora y desde siempre.
Varios tragos es la vida
y un solo trago la muerte.

VIENTOS DEL PUEBLO ME LLEVAN

Vientos del pueblo me llevan,
vientos del pueblo me arrastran,
me esparcen el corazón
y me avientan la garganta.

Los bueyes doblan la frente,
impotentemente mansa,
delante de los castigos:
los leones la levantan
y al mismo tiempo castigan
con su clamorosa zarpa.

No soy de un pueblo de bueyes
que soy de un pueblo que embargan
yacimientos de leones,
desfiladeros de águilas
y cordilleras de toros
con el orgullo en el asta.
Nunca medraron los bueyes
en los páramos de España.

¿Quién habló de echar un yugo
sobre el cuello de esta raza?
¿Quién ha puesto al huracán
jamás ni yugos ni trabas,
ni quién el rayo detuvo
prisionero en una jaula?

Asturianos de braveza,
vascos de piedra blindada,
valencianos de alegría
y castellanos de alma,
labrados como la tierra
y airosos como las alas;
andaluces de relámpago,
nacidos entre guitarras
y forjados en los yunques
torrenciales de las lágrimas;
extremeños de centeno,
gallegos de lluvia y calma,
catalanes de firmeza,
aragoneses de casta,
murcianos de dinamita
frutalmente propagada,
leoneses, navarros, dueños
del hambre, el sudor y el hacha,

reyes de la minería,
señores de la labranza,
hombres que entre las raíces,
como raíces gallardas,
vais de la vida a la muerte,
vais de la nada a la nada:
yugos os quieren poner
gentes de la hierba mala,
yugos que habéis de dejar
rotos sobre sus espaldas.

Crepúsculo de los bueyes
está despuntando el alba.

Los bueyes mueren vestidos
de humildad y olor de cuadra:
las águilas, los leones
y los toros, de arrogancia,
y detrás de ellos, el cielo
ni se enturbia ni se acaba.

La agonía de los bueyes
tiene pequeña la cara,
la del animal varón
toda la creación agranda.

Si me muero, que me muera
con la cabeza muy alta.
Muerto y veinte veces muerto,
la boca contra la grama,
tendré apretados los dientes
y decidida la barba.

Cantando espero a la muerte,
que hay ruiseñores que cantan
encima de los fusiles
y en medio de las batallas.

EL NIÑO YUNTERO

Carne de yugo, ha nacido
más humillado que bello,
con el cuello perseguido
por el yugo para el cuello.

Nace, como la herramienta,
a los golpes destinado,
de una tierra descontenta
y un insatisfecho arado.

Entre estiércol puro y vivo
de vacas, trae a la vida
un alma color de olivo
vieja ya y encallecida.

Empieza a vivir, y empieza
a morir de punta a punta
levantando la corteza
de su madre con la yunta.

Empieza a sentir, y siente
la vida como una guerra,
y a dar fatigosamente
en los huesos de la tierra.

Contar sus años no sabe,
y ya sabe que el sudor
es una corona grave
de sal para el labrador.

Trabaja, y mientras trabaja
masculinamente serio,
se unge de lluvia y se alhaja
de carne de cementerio.

A fuerza de golpes, fuerte,
y a fuerza de sol, bruñido,
con una ambición de muerte
despedaza un pan reñido.

Cada nuevo día es
más raíz, menos criatura,
que escucha bajo sus pies
la voz de la sepultura.

Y como raíz se hunde
en la tierra lentamente

para que la tierra inunde
de paz y panes su frente.

Me duele este niño hambriento
como una grandiosa espina,
y su vivir ceniciento
revuelve mi alma de encina.

Le veo arar los rastrojos,
y devorar un mendrugo,
y declarar con los ojos
que por qué es carne de yugo.

Me da su arado en el pecho,
y su vida en la garganta,
y sufro viendo el barbecho
tan grande bajo su planta.

¿Quién salvará a este chiquillo
menor que un grano de avena?
¿De dónde saldrá el martillo
verdugo de esta cadena?

Que salga del corazón
de los hombres jornaleros,
que antes de ser hombres son
y han sido niños yunteros.

LLAMO A LA JUVENTUD

Los quince y los dieciocho,
los dieciocho y los veinte...
Me voy a cumplir los años
al fuego que me requiere,
y si resuena mi hora
antes de los doce meses,
los cumpliré bajo tierra.
Yo trato que de mí queden
una memoria de sol
y un sonido de valiente.

Si cada boca de España,
de su juventud, pusiese
estas palabras, mordiéndolas,
en lo mejor de sus dientes:
si la juventud de España,
de un impulso solo y verde,
alzara su gallardía,
sus músculos extendiese

contra los desenfrenados
que apropiarse España quieren,
sería el mar arrojando
a la arena muda siempre
varios caballos de estiércol
de sus pueblos transparentes,
con un brazo inacabable
de perpetua espuma fuerte.

Si el Cid volviera a clavar
aquellos huesos que aún hieren
el polvo y el pensamiento,
aquel cerro de su frente,
aquel trueno de su alma
y aquella espada indeleble,
sin rival, sobre su sombra
de entrelazados laureles:
al mirar lo que de España
los alemanes pretenden,
los italianos procuran,
los moros, los portugueses,
que han grabado en nuestro cielo
constelaciones crueles
de crímenes empapados
en una sangre inocente,
subiera en su airado potro

y en su cólera celeste
a derribar trimotores
como quien derriba mieses.

Bajo una zarpa de lluvia,
y un racimo de relente,
y un ejército de sol,
campan los cuerpos rebeldes
de los españoles dignos
que al yugo no se someten,
y la claridad los sigue
y los robles los refieren.
Entre graves camilleros
hay heridos que se mueren
con el rostro rodeado
de tan diáfanos ponientes,
que son auroras sembradas
alrededor de sus sienes.
Parecen plata dormida
y oro en reposo parecen.
Llegaron a las trincheras
y dijeron firmemente:
¡Aquí echaremos raíces
antes que nadie nos eche!
Y la muerte se sintió
orgullosa de tenerles.

Pero en los negros rincones,
en los más negros, se tienden
a llorar por los caídos
madres que les dieron leche,
hermanas que los lavaron,
novias que han sido de nieve
y que se han vuelto de luto
y que se han vuelto de fiebre;
desconcertadas viudas,
desparramadas mujeres,
cartas y fotografías
que los expresan fielmente,
donde los ojos se rompen
de tanto ver y no verles,
de tanta lágrima muda,
de tanta hermosura ausente.

Juventud solar de España:
que pase el tiempo y se quede
con un murmullo de huesos
heroicos en su corriente.
Echa tus huesos al campo,
echa las fuerzas que tienes
a las cordilleras foscas
y al olivo del aceite.

Reluce por los collados,
y apaga la mala gente,
y atrévete con el plomo,
y el hombro y la pierna extiende.

Sangre que no se desborda,
juventud que no se atreve,
ni es sangre, ni es juventud,
ni relucen, ni florecen.
Cuerpos que nacen vencidos,
vencidos y grises mueren:
vienen con la edad de un siglo,
y son viejos cuando vienen.

La juventud siempre empuja,
la juventud siempre vence,
y la salvación de España
de su juventud depende.

La muerte junto al fusil,
antes que se nos destierre,
antes que se nos escupa,
antes que se nos afrente
y antes que entre las cenizas
que de nuestro pueblo queden,
arrastrados sin remedio

gritemos amargamente:
¡Ay España de mi vida,
ay España de mi muerte!

ACEITUNEROS

Andaluces de Jaén,
aceituneros altivos,
decidme en el alma: ¿quién,
quién levantó los olivos?

No los levantó la nada,
ni el dinero, ni el señor,
sino la tierra callada,
el trabajo y el sudor.

Unidos al agua pura
y a los planetas unidos,
los tres dieron la hermosura
de los troncos retorcidos.

Levántate, olivo cano,
dijeron al pie del viento.
Y el olivo alzó una mano
poderosa de cimiento.

Andaluces de Jaén,
aceituneros altivos,
decidme en el alma: ¿quién
amamantó los olivos?

Vuestra sangre, vuestra vida,
no la del explotador
que se enriqueció en la herida
generosa del sudor.

No la del terrateniente
que os sepultó en la pobreza,
que os pisoteó la frente,
que os redujo la cabeza.

Árboles que vuestro afán
consagró al centro del día
eran principio de un pan
que sólo el otro comía.

¡Cuántos siglos de aceituna,
los pies y las manos presos,
sol a sol y luna a luna,
pesan sobre vuestros huesos!

Andaluces de Jaén,
aceituneros altivos,
pregunta mi alma: ¿de quién,
de quién son estos olivos?

Jaén, levántate brava
sobre tus piedras lunares,
no vayas a ser esclava
con todos tus olivares.

Dentro de la claridad
del aceite y sus aromas,
indican tu libertad
la libertad de tus lomas.

LLAMO A LOS POETAS

Entre todos vosotros, con Vicente Aleixandre
y con Pablo Neruda tomo silla en la tierra:
tal vez porque he sentido su corazón cercano
cerca de mí, casi rozando el mío.

Con ellos me he sentido más arraigado y hondo,
y además menos solo. Ya vosotros sabéis
lo solo que yo soy, por qué soy yo tan solo.
Andando voy, tan solos yo y mi sombra.

Alberti, Altolaguirre, Cernuda, Prados, Garfias,
Machado, Juan Ramón, León Felipe, Aparicio,
Oliver, Plaja, hablemos de aquello a que aspiramos:
por lo que enloquecemos lentamente.

Hablemos del trabajo, del amor sobre todo,
donde la telaraña y el alacrán no habitan.
Hoy quiero abandonarme tratando con vosotros
de la buena semilla de la tierra.

Dejemos el museo, la biblioteca, el aula
sin emoción, sin tierra, glacial, para otro tiempo.
Ya sé que en esos sitios tiritará mañana
mi corazón helado en varios tomos.

Quitémonos el pavo real y suficiente,
la palabra con toga, la pantera de acechos.
Vamos a hablar del día, de la emoción del día.
Abandonemos la solemnidad.

Así: sin esa barba postiza, ni esa cita
que la insolencia pone bajo nuestra nariz,
hablaremos unidos, comprendidos, sentados,
de las cosas del mundo frente al hombre.

Así descenderemos de nuestro pedestal,
de nuestra pobre estatua. Y a cantar entraremos
a una bodega, a un pecho, o al fondo de la tierra,
sin el brillo del lente polvoriento.

Ahí está Federico: sentémonos al pie
de su herida, debajo del chorro asesinado,
que quiero contener como si fuera mío
y salta, y no se acalla entre las fuentes.

Siempre fuimos nosotros sembradores de sangre.
Por eso nos sentimos semejantes del trigo.
No reposamos nunca, y eso es lo que hace el sol,
y la familia del enamorado.

Siendo de esa familia, somos la sal del aire.
Tan sensibles al clima como la misma sal,
una racha de otoño nos deja moribundos
sobre la huella de los sepultados.

Eso sí: somos algo. Nuestros cinco sentidos
en todo arraigan, piden posesión y locura.
Agredimos al tiempo con la feliz cigarra,
con el terrestre sueño que alentamos.

Hablemos, Federico, Vicente, Pablo, Antonio,
Luis, Juan Ramón, Emilio, Manolo, Rafael,
Arturo, Pedro, Juan, Antonio, León Felipe.
Hablemos sobre el vino y la cosecha.

Si queréis, nadaremos antes en esa alberca,
en ese mar que anhela transparentar los cuerpos.
Veré si hablamos luego con la verdad del agua,
que aclara el labio de los que han mentido.

Llegó con tres heridas:
la del amor,
la de la muerte,
la de la vida.

Con tres heridas viene:
la de la vida,
la del amor,
la de la muerte.

Con tres heridas yo:
la de la vida,
la de la muerte,
la del amor.

Escribí en el arenal
los tres nombres de la vida:
vida, muerte, amor.

Una ráfaga de mar,
tantas claras veces ida,
vino y los borró.

Mi casa contigo era
la habitación de la bóveda.
Dentro de mi casa entraba
por ti la luz victoriosa.

Mi casa va siendo un hoyo.
Yo no quisiera que toda
aquella luz se alejara
vencida, desde la alcoba.

Pero cuando llueve, siento
que las paredes se ahondan,
y reverdecen los muebles,
rememorando las hojas.

Mi casa es una ciudad
con una puerta a la aurora,
otra más grande a la tarde,
y a la noche, inmensa, otra.

Mi casa es un ataúd.
Bajo la lluvia redobla
y ahuyenta las golondrinas
que no la quisieran torva.

En mi casa falta un cuerpo.

Dos en nuestra casa sobran.

Todo está lleno de ti
y todo de mí está lleno:
llenas están las ciudades
igual que los cementerios,
de ti por todas las casas
de mí por todos los cuerpos.
Por las calles voy dejando
algo que voy recogiendo:
pedazos de vida mía
venidos desde muy lejos.

Voy alado a la agonía
y arrastrándome me veo
en el umbral en el fondo
latente del nacimiento.

. . . .

Todo está lleno de ti
traspasado de tu pecho,
de algo que no he conseguido
y que busco entre tus huesos.

Menos tu vientre,
todo es confuso.

Menos tu vientre,
todo es futuro
fugaz, pasado
baldío, turbio.

Menos tu vientre,
todo es oculto.

Menos tu vientre
todo inseguro,
todo postrero,
polvo sin mundo.

Menos tu vientre
todo es oscuro.
Menos tu vientre
claro y profundo.

ANTES DEL ODIO

Beso soy, sombra con sombra.
Beso, dolor con dolor,
por haberme enamorado,
corazón sin corazón,
de las cosas, del aliento
sin sombras de la creación.
Sed con agua en la distancia,
pero sed alrededor.
Corazón en una copa
donde me lo bebo yo
y no se lo bebe nadie,
nadie sabe su sabor.
Odio, vida: ¡cuánto odio
sólo por amor!

No es posible acariciarte
con las manos que me dio
el fuego de más deseo,

el ansia de más ardor.
Varias alas, varios vuelos
abaten en ellas hoy
hierros que cercan las venas
y las muerden con rencor.
Por amor, vida, abatido,
pájaro sin remisión,
sólo por amor odiado,
sólo por amor.

Amor, tu bóveda arriba
y yo abajo siempre, amor,
sin otra luz que estas ansias,
sin otra iluminación.
Mírame aquí encadenado,
escupido, sin calor
a los pies de la tiniebla
más súbita, más feroz,
comiendo pan y cuchillo
como buen trabajador
y a veces cuchillo sólo,
sólo por amor.

Todo lo que significa
golondrinas, ascensión,
claridad, anchura, aire,

decidido espacio, sol,
horizonte aleteante,
sepultado en un rincón.
Espesura, mar, desierto,
sangre, monte rodador,
libertades de mi alma
clamorosas de pasión,
desfilando por mi cuerpo,
donde no se quedan, no,
pero donde se despliegan,
sólo por amor.

Porque dentro de la triste
guirnalda del eslabón,
del sabor a carcelero
constante y a paredón,
y a precipicio en acecho,
alto, alegre, libre soy.
Alto, alegre, libre, libre,
sólo por amor.

No, no hay cárcel para el hombre.
No podrán atarme, no.
Este mundo de cadenas
me es pequeño y exterior.
¿Quién encierra una sonrisa?

¿Quién amuralla una voz?
A lo lejos tú, más sola
que la muerte, la una y yo.
A lo lejos tú, sintiendo
en tus brazos mi prisión,
en tus brazos donde late
la libertad de los dos.
Libre soy. Siénteme libre.
Sólo por amor.

LA BOCA

Boca que arrastra mi boca:
boca que me has arrastrado:
boca que vienes de lejos
a iluminarme de rayos.
Alba que das a mis noches
un resplandor rojo y blanco.
Boca poblada de bocas:
pájaro lleno de pájaros.

Canción que vuelve las alas
hacia arriba y hacia abajo.
Muerte reducida a besos,
a sed de morir despacio,
dando a la grana sangrante
dos lúcidos aletazos.
El labio de arriba el cielo
y la tierra el otro labio.

Beso que rueda en la sombra:
beso que viene rodando

desde el primer cementerio
hasta los últimos astros.

Astro que tiene tu boca
enmudecido y cerrado,
hasta que un roce celeste
hace que vibren sus párpados.
Beso que va a un porvenir
de muchachas y muchachos,
que no dejarán desiertos
ni las calles ni los campos.

¡Cuántas bocas enterradas,
sin boca, desenterramos!

Bebo en tu boca por ellos,
brindo en tu boca por tantos
que cayeron sobre el vino
de los amorosos vasos.
Hoy son recuerdos. Recuerdos.
Besos distantes y amargos.
Hundo en tu boca mi vida,
oigo rumores de espacios.
Y el infinito parece
que sobre mí se ha volcado.

He de volverte a besar.
He de volver, hundo, caigo,
mientras descienden los siglos
hacia los hondos barrancos.
Como una febril nevada
de besos y enamorados.

Boca que desenterraste
el amanecer más claro
con tu lengua. Tres palabras,
tres fuegos has heredado:
vida, muerte, amor. Ahí quedan
escritos sobre tus labios.

DESPUÉS DEL AMOR

No pudimos ser. La tierra
no pudo tanto. No somos
cuanto se propuso el sol
en un anhelo remoto.
Un pie se acerca a lo claro.
En lo oscuro insiste el otro.
Porque el amor no es perpetuo
en nadie, ni en mí tampoco.
El odio aguarda un instante
dentro del carbón más hondo.
Rojo es el odio y nutrido.
El amor, pálido y solo.

Cansado de odiar, te amo.
Cansado de amar, te odio.

Llueve tiempo, llueve tiempo.
Y un día triste entre todos,
triste por toda la tierra,

triste desde mí hasta el lobo,
dormimos y despertamos
con un tigre entre los ojos.

Piedras, hombres como piedras,
duros y plenos de encono,
chocan en el aire, donde
chocan las piedras de pronto.

Soledades que hoy rechazan
y ayer juntaban sus rostros.
Soledades que en el beso
guardan el rugido sordo.

Soledades para siempre.
Soledades sin apoyo.

Cuerpos como un mar voraz,
entrechocando, furioso.

Solitariamente atados
por el amor, por el odio,
por las venas surgen hombres,
cruzan las ciudades, torvos.

En el corazón arraiga
solitariamente todo.
Huellas sin campaña quedan
como en el agua, en el fondo.
Sólo una voz, a lo lejos,
siempre a lo lejos la oigo,
acompaña y hace ir
igual que el cuello a los hombros.

Sólo una voz me arrebata
este armazón espinoso
de vello retrocedido
y erizado que me pongo.

Los secos vientos no pueden
secar los mares jugosos.
Y el corazón permanece
fresco en su cárcel de agosto
porque esa voz es el arma
más tierna de los arroyos:

«Miguel: me acuerdo de ti
después del sol y del polvo,
antes de la misma luna,
tumba de un sueño amoroso».

Amor: aleja mi ser
de sus primeros escombros,
y edificándome, dicta
una verdad como un soplo.

Después del amor, la tierra.
Después de la tierra, todo.

NANAS DE LA CEBOLLA

*Dedicadas a su hijo, a raíz de recibir una
carta de su mujer en la que le decía que no
comía más que pan y cebolla*

La cebolla es escarcha
cerrada y pobre:
escarcha de tus días
y de mis noches.
Hambre y cebolla,
hielo negro y escarcha
grande y redonda.

En la cuna del hambre
mi niño estaba.
Con sangre de cebolla
se amamantaba.
Pero tu sangre,
escarchada de azúcar,
cebolla y hambre.

Una mujer morena
resuelta en luna

se derrama hilo a hilo
sobre la cuna.
Ríete, niño,
que te tragas la luna
cuando es preciso.

Alondra de mi casa,
ríete mucho.
Es tu risa en los ojos
la luz del mundo.
Ríete tanto
que en el alma, al oírte,
bata el espacio.

Tu risa me hace libre,
me pone alas.
Soledades me quita,
cárcel me arranca.
Boca que vuela,
corazón que en tus labios
relampaguea.

Es tu risa la espada
más victoriosa,
vencedor de las flores
y las alondras.

Rival del sol.
Porvenir de mis huesos
y de mi amor.

La carne aleteante,
súbito el párpado,
y el niño como nunca
coloreado.
¡Cuánto jilguero
se remonta, aletea,
desde tu cuerpo!

Desperté de ser niño:
nunca despiertes.
Triste llevo la boca.
Ríete siempre.
Siempre en la cuna,
defendiendo la risa
pluma por pluma.

Ser de vuelo tan alto,
tan extendido,
que tu carne parece
cielo cernido.
¡Si yo pudiera

remontarme al origen
de tu carrera!

Al octavo mes ríes
con cinco azahares,
con cinco diminutas
ferocidades.
Con cinco dientes
como cinco jazmines
adolescentes.

Frontera de los besos
serán mañana,
cuando en la dentadura
sientas un arma.
Sientas un fuego
correr dientes abajo
hincando el centro.

Vuela niño en la doble
luna del pecho:
él, triste de cebolla,
tú, satisfecho.
No te derrumbes.
No sepas lo que pasa
ni lo que ocurre.

ORILLAS DE TU VIENTRE

¿Qué exaltaré en la tierra que no sea algo tuyo?
A mi lecho de ausente me echo como a una cruz
de solitarias lunas del deseo, y exalto
la orilla de tu vientre.

Clavellina del valle que provocan tus piernas.
Granada que ha rasgado de plenitud su boca.
Trémula zarzamora suavemente dentada
donde vivo arrojado.

Arrojado y fugaz como el pez generoso,
ansioso de que el agua, la lenta acción del agua
lo devaste: sepulte su decisión eléctrica
de fértiles relámpagos.

Aún me estremece el choque primero de los dos;
cuando hicimos pedazos la luna a dentelladas,
impulsamos las sábanas a un abril de amapolas,
nos inspiraba el mar.

Soto que atrae, umbría de vello casi en llamas,
dentellada tenaz que siento en lo más hondo,
vertiginoso abismo que me recoge, loco
de la lúcida muerte.

Túnel por el que a ciegas me aferro a tus entrañas.
Recóndito lucero tras una madreselva
hacia donde la espuma se agolpa, arrebatada
del íntimo destino.

En ti tiene el oasis su más ansiado huerto:
el clavel y el jazmín se entrelazan, se ahogan.
De ti son tantos siglos de muerte, de locura
como te han sucedido.

Corazón de la tierra, centro del universo,
todo se atorbellina con afán de satélite
en torno a ti, pupila del sol que te entreabres
en la flor del manzano.

Ventana que da al mar, a una diáfana muerte
cada vez más profunda, más azul y anchurosa.
Su hálito de infinito propaga los espacios
entre tú y yo y el fuego.

Trágame, leve hoyo donde avanzo y me entierro.
La losa que me cubra sea tu vientre leve,
la madera tu carne, la bóveda tu ombligo,
la eternidad la orilla.

En ti me precipito como en la inmensidad
de un mediodía claro de sangre submarina,
mientras el delirante hoyo se hunde en el mar,
y el clamor se hace hombre.

Por ti logro en tu centro la libertad del astro.
En ti nos acoplamos como dos eslabones,
tú poseedora y yo. Y así somos cadena:
mortalmente abrazados.

Final modisto de cristal y pino;
a la medida de una rosa misma
hazme de aquél un traje, que en un prisma,
¿no?, se ahogue, no, en un diamante fino.
Patio de vecindad menos vecino,
del que al fin pesa más y más se abisma;
abre otro túnel más bajo tus flores
para hacer subterráneos mis amores

Papel certificado por el Forest Stewardship Council®

Primera edición: marzo de 2024

© 2024, Penguin Random House Grupo Editorial, S.A.U.
Travessera de Gràcia, 47-49. 08021 Barcelona

Printed in Spain – Impreso en España

ISBN: 978-84-397-4423-8
Depósito legal: B-617-2024

Compuesto en La Nueva Edimac, S. L.
Impreso en Gómez Aparicio, S. L. (Casarrubuelos, Madrid)

RH 4 4 2 3 8